Te cuento de amor...
na' de sexo
Alé Wal

EDITORIAL **EN CALMA**

Te cuento de amor... na' de sexo

Alé Wal

EDITORIAL **EN CALMA**

Dedicatoria

A ti, Wal, porque delineaste mi
nombre con las migajas de tu amor y
esculpiste mi cuerpo con la esencia
de tu ser.

1

EL ÚLTIMO ORGASMO

Soy ninfómana y moribunda. Cuando me enteré de mi despedida de esta tierra, no lo tomé mal. No piensen que soy masoquista o morbosa. Cuando el doctor me dio la sentencia de muerte—en aquella oficina de paredes blancas que se alzaban como lienzos de pureza— un rugido de caos, en el tumulto de la jornada, llenó mi alma hasta desaparecer. Una luz, suave como un susurro, se filtró con delicadeza, a través de cortinas que bailaban en la tranquilidad del viento. El blanco impoluto de la tela abrazó cada rincón de mi ser, reflejando la promesa de un nuevo comienzo. No quería irme de este mundo, que, sin recato, me había ofrecido tanta lujuria y momentos excitantes, pero igual ya todo estaba escrito. Fallecería pronto y las pautas de la vida se autodestruyeron. Decidí vivir al máximo y así como siempre he reservado mi obsesión por el sexo, enterraría por igual mi diagnóstico de muerte.

Al llegar a casa, luego de salir de la oficina médica y cogerme al doctor en aquella mesa fría y lúgubre—por cierto, manchamos de sudor, babas y flujos todas mis evaluaciones clínicas—, fui al balcón y me permití exhalar profundamente. Serví una copa de vino tinto y abrí el directorio de contactos del celular. Mi vida laboral de azafata me permitió tener un listado de amantes, unos buenos, otros, mediocres. No me quejo, he cumplido cada una de mis fantasías sexuales. Lo que me jodía era ver todos esos nombres en el teléfono porque, de repente, tenía unas deliciosas ganas de tener a cualquier mortal, encima, detrás y dentro de mí. No podía desanimarme y me impuse como misión que, en los últimos días o semanas que me quedaran de vida, me cogería a todos los que contestaran mi humilde petición. Eso sí, tenía que repasar quienes fueron los que mejor sexo me dieron. Esos hombres que encendieron mi cuerpo con su fuego inigualable. ¿Con quién me mojé más? ¿Quién lo tenía grandote y venoso? ¿Quién se movía mejor? Mmmm, cerré mis ojos y pude recordar cada uno de esos nombres. Ya deseaba tenerlos dentro, que me follaran con ganas, duro, como si fuera su última vez, que en realidad era la mía. Quería sentir cómo se derramaban dentro de mí o en mi boca.

Por ejemplo, Luis69, como lo tengo guardado, era un maestro chupando la concha. No recuerdo cuántas veces me hizo correr, pero sí puedo valorarlo con más de diez estrellitas porque ahora que estoy tocando, mis flujos resbalan por mis muslos. Mmmm, solo pienso en las veces que él, lentamente, con su larga lengua, lamió esta vulva hasta dejarla limpiecita. Nunca me penetró, con él, era sexo oral, solo eso—delicioso, por cierto—, y así me gustaba. Nos encontrábamos en lugares clandestinos, así que, sin pensarlo más, le envié un mensaje de texto para ver si aún estaba con vida. Me contestó en menos de cinco minutos y acordamos vernos en el hospital. Su esposa estaba recuperándose de una operación y pasaba la mayoría del día dormida. Aparecí con una falda corta y una camisa de tirantes color negra. Cuando lo vi me sorprendió porque no lo recordaba tan alto y musculoso. Su entrepierna marcaba unas líneas dignas de ser exploradas por mi inquieta lengua. A lo mejor mi enfermedad amplificaba todo o simplemente nunca lo observé tan bien. Desvié, por unos segundos, la mirada y vi a su esposa dormida, parecía muerta. Luis69 cerró la puerta del cuarto con seguro y lo primero que hizo fue quitarse la correa. Pensé que me azotaría con ella, pero se bajó el pantalón negro junto con sus calzoncillos. Tomó el cinturón, otra vez, y me lo pasó por el cuello. Me atrajo hacia él y con su mano derecha me obligó a arrodillarme. Yo estaba tan ansiosa por meter su pedazo de carne dentro de mi golosa boca, pero él se negó; y empezó a masturbarse perezosamente, pasando sus manos fuertes y sus dedos largos, a través de su tronco bien dotado. Estaba tan bellaca que se me salieron las babas. Él se dio cuenta y pasó sus dedos por mi boca y me limpió. Agarró con descaro mi pelo y me pegó en su pene. Era un exquisito malvado, controlaba el movimiento y la profundidad. Alcé mi falda y metí mis dedos en mi vulva resbalosa. No llevaba pantis y sentí que me corría. Luis69 apresuró sus movimientos y estalló dentro de mi boca. Lo tragué completito. Al pararme, vi que su esposa se estaba levantando, no estaba tan muerta na´; así que salí del cuarto apresuradamente y con la cabellera revuelta, igual que mi concha.

Mmmm, mi cuerpo se quedó vibrante y deseoso de más placer, volviendo a sentir la emoción de lo prohibido. Mis vellos erizados hicieron que recordara los viejos tiempos de mujer traviesa. Quería tenerlos a todos dentro de mí. Salí del hospital y volví a mirar la lista de los contactos para ver quién podía saciar mis ganas. Encontré a JamoncitoRisueño. ¡Ese tipo sí que tenía una pinga digna de admirar y me dio los mejores orgasmos! Le puse ese nombre porque tiene una carnicería especializada en jamones. Pasé por su tienda a ver cómo estaba. Yo, una casi moribunda, no podía perder más tiempo. Tan pronto pisé el lugar, mis adentros comenzaron a derretirse. Mi cuerpo caribeño y desahuciado, pedía calor y un revolcón.

La vitrina del lugar estaba llena de pedazos de jamones colgados, húmedos y cortados de diferentes formas. Mi boca empezó a salivar. Deseaba tener un pedazo de la morcilla gruesa y salada de JamoncitoRisueño para engullirlo y que se quedaran cantitos entre mis quebradizos dientes. Entré por un espacio pequeño, con un olor leñoso. Me maravillé con las paredes pintadas de un rojo cobrizo. Era un ambiente típico de familia con las mesas decoradas de manteles blancos y cuadritos rojos, y un jarrón de agua sucia junto a una planta marchita. Sí, se suponía que me sintiera como aquel helecho, pero mi sentencia de muerte no iba a quitar el calentón continuo que sentía entre mis muslos y los deseos de un buen pene martillándome por dentro.

Lo vi de espaldas, ¡cuántas veces le agarré esas nalgas frondosas y dignas de envidia! Al voltearse, sentí una corriente turbulenta en mi concha. Esa fue la señal que necesitaba para saber que todavía era la misma mujer fogosa que tanto gozó del sexo. Rompí la promesa de mantener en secreto mi trágico final y, entre gemidos, le conté mi posible desenlace.

JamoncitoRisueño fue cariñoso y me susurró que nuestra despedida iba a ser memorable. No creo que me haya creído, pero eso era lo de menos. A esa hora, él estaba acabando su almuerzo y yo iba a ser su postre. Cerró la tienda y fuimos a la covacha donde guardaba los condimentos de su cocina.

—¿Estás lista, preciosa? ¡No sabes cuánto te extrañé! Te voy a hacer recordar lo rico que la pasábamos, belleza—dijo mirándome seductoramente a los ojos.

JamoncitoRisueño reía siempre con la mitad de la boca, como alzando un lado de los labios. Ese acto me ponía bellaca y loca por comerlo por completo.

—Lista, mi amor—le murmuré en su oído, mordiendo el lóbulo de su oreja izquierda.

Él me desnudó lentamente; siempre me desesperaba esa manera tan sutil de cogerme. Parecía como si estuviera haciendo el amor y yo lo que amo es el sexo rudo y salvaje. A estas alturas de la vida y con la muerte tocando mi hombro a cada segundo, no podía explicarle que deseaba que me tirara a la pared, me mordiera las tetas, me alzara las piernas y lo metiera hasta llegar a lo profundo de mi útero. Para mi fortuna, hoy me tocó sentir su lentitud. Comenzó a rozar con sus manos todo mi cuerpo. Cada centímetro se estremecía al contacto de sus dedos. Me llevó hasta el suelo frío y allí parado, se quitó su uniforme blanco y manchado de comida. Tomó un pote de aceite de la alacena y, de la nada, empezó a pasárselo por su musculoso y sensual pecho.

JamoncitoRisueño sonreía con una malicia descarada. Me gustaba esa cara de malote dispuesto a hacer gritar a las mujeres. Se posicionó arriba de mi cuerpo sudoroso y sus caricias se deslizaron por mi piel, lubricándome con la grasa. En ese instante, ya estaba excitada, resbalosa y gemía fuerte. Él fue por mis tetas, esas perversas que truncaron mi vida, aunque ahora iban a ser poderosas. Las tomó, una a una, en su boca putona y las succionó suavemente. Las empujaba, las mordía, las hacía más suyas que mías. "Te las regalo... esas malditas ya no me servirán", pensé. Luego llegó a mi pubis y con sus grandes manos comenzó a masajear. Cuando me notó burbujeante, bajó directo a los dedos de mis pies y los chupó como en los viejos tiempos. Uno a uno, salivando, oliendo y gimiendo. Yo me movía como una culebra y él me decía: "Tranquila, preciosa, que lo mejor siempre llega al final".

Se escuchó un ruido. Era el timbre de la tienda. Su hora de almuerzo estaba por acabar y deseaba que se comiera su postre mojadito y caliente. Se me abalanzó y, sin decir nada, me penetró ferozmente. No sé si fue porque estaba apurado o con ganas, pero no me importó, al contrario, me encantó. Lo esencial era sentirlo dentro, muy dentro, y ver cómo mi piel se abría cada vez que salía y volvía a entrar. Sus caderas chocaban con las mías, al compás de un movimiento brusco y cadencioso. Sus manos se aguantaron del suelo sucio y se resbalaban porque las tenía grasientas.

Así estuvimos un rato en ese vaivén de cuerpos. Él me rozaba con furia, deseando acabar con nuestras bocas y yo con mi vida. Después de varios minutos, pegamos el grito de la felicidad. Me llenó tanto de semen que sentí el líquido bajando por mis muslos. Con su largo dedo tomó un poco y me lo llevó a la boca.

—Quiero verte pronto, belleza. Sabes cuánto me gusta acabar mi almuerzo con un exquisito postrecito—me dijo con su característica media sonrisa.

Me despedí de JamoncitoRisueño como siempre lo hacía, lanzándole un beso al aire. Él respondió, otra vez, con su media sonrisa. Aquellos fueron los últimos dos hombres con quienes tuve sexo. Mi cuerpo, ahora frágil, se negaba a cooperar con mis inquietos deseos. Necesitaba follar con toda mi alma, pero el desgaste corporal me llevó a estar encamada. Con el pasar de los días tuve una idea. No podía dejar el cuarto, así que decidí traer al mundo a mi alcoba. Tan solo de pensarlo me hizo sentir traviesa y lista. Resolví crear una cuenta en una aplicación para buscar personas y me puse: Ninfatraviesa. Decoré la habitación con varios juguetes sexuales y saqué la lencería que tenía guardada para coger un poco de ánimo. Fue una bocanada fresca porque planté la bandera de una mujer fogosa y dispuesta a satisfacer mi última fantasía, a pesar de estar con un pie en la cabrona tumba. Las solicitudes comenzaron a llegar. Sentada en la cama y con la computadora portátil en mis muslos, mi triste panochita empezó a latir, otra vez. A medida que iba leyendo comentarios lascivos, ardientes y picantes, mis adentros comenzaron a derretirse y la Ninfatraviesa estaba lista para pasarla bien. Sentí el tímido clítoris activarse y con los dedos comencé a acariciarlo, a través de las bragas de algodón. Mientras leía los mensajes y disfrutaba de todas las vergas y de las vulvas, casi llego al clímax. Jamás pensé que tendría tanto despliegue de personas dispuestas a complacer a esta casi muerta. Mi pupila se deleitaba con ese estímulo voyerista hasta que apareció Venida69.

—Hola —escribió.

—Hola—me sentía muy ignorante, ya que era la primera vez que hacía esto.

—¿Qué haces?, guapa—al parecer Venida69 buscaba conversación.

—Sintiéndome bien caliente, bebé— le respondí. Sí, un poco intensa, pero con esto de que me estaba muriendo, no podía perder ni un minuto.

—¿Nos excitamos?—preguntó.

—Tengo una condición peligrosa y necesito comer pollas y que me las metan duro. Que me pongan en cuatro, con el culo parado y me agarren el pelo en una cola y me digan al oído, bien bellacos, lo putita que soy—escribí al grano.

—¡Qué rico, mami! Te chuparía tu conchita mojada y te mordería los bembes de tu pajarita rosita. Luego, cuando estés gimiendo bien duro, te pondría en cuatro, con el culo bien parado y te la metería, pero de a poquito. Suavecito para que sientas la cabeza del huevo taladrando tu roto. Te tomaría del pelo, me pegaría a tu oreja y te la mordería—escribía Venida69.

Mi totita tuvo espasmos de alegría y comencé a sobarme fuertemente.

—¿Qué más me harías, bebé?—dije para que me siguiera excitando.

—Luego de metértelo en cuatro, te pondría encima de mí para que te muevas como una vaquera cabalgando a su macho. Así, brincando mamita, como una putita, encima de mi bicho duro y listo para ti. Quiero llenarte de leche caliente y que la sientas en tu chocha. Te apretaría las tetas, mientras saltas como una bellaca que nunca ha recibido fuete de un macho como yo.

—¡Me vengo, puñetaaaaaaaaaaaaaa!

Mi teclado se quedó fijo en la "a". ¡Uy, qué risa me dio! Mi vida acabó como deseaba: con un orgasmo. Morí feliz, como debe de ser. Me imagino que Venida69 le contó a todos sus amigos que me dio tan duro que jamás le contesté. Cuando llegué al cielo, San Pedro me recibió.

—Hija, ¿alguna vez has hecho algo realmente valiente?

Lo pensé detenidamente. Ya no tenía prisa porque ahora sí estaba bien muerta. Ahhhhh, tampoco podía responder a la ligera, tomando en cuenta la fortuna de estar en el paraíso.

—Sí, disfruté de mi cuerpo hasta mi último respiro y no me arrepiento.

—¡Bienvenida! Aquí, en el reino de los cielos podrás gozar eternamente—dijo San Pedro, tomándome poderosamente de la mano y azotándome el trasero. No se quedó ahí, fue aún más provocador, un guiño travieso fue su último regalo antes de abrir el glorioso portón.

2

DESPERTAR TRAVIESO

L lovía. Escuché sus pasos en las escaleras que conducían al ático donde tenía mi estudio de pintura. La puerta, entreabierta, dejaba escapar el aroma del café recién colado, señal inequívoca de que se había despertado. Disfrutaba de los primeros rayos del sol en ese refugio íntimo, sabiendo que cada domingo nos regalaba un momento único de conexión.

Observé los cuadros que capturaban la exquisitez de su figura. Veinticinco años habían pasado desde que conocí a mi esposa, y cada segundo a su lado era un sueño. Siempre fue mi musa. No quiero sonar mal, pero gracias a su cuerpo volví a tomar el pincel y plasmar lo que por mucho tiempo fue mi deseo: ser artista.

Desde pequeño, sentí una obsesión por las pieles: su textura, contornos y colores. Era hijo único y, como mis padres viajaban por trabajo, pasé la mayor parte de mi infancia y adolescencia con mi abuela paterna. Ella amaba el arte; lo estudió, pero hasta ahí, solo se dedicó a ofrecer clases privadas. Siempre pensé que habría sido maravilloso recorrer una exposición suya; su trabajo era impecable, glorioso.

La recuerdo con sus canas, sus manos arrugadas y el cuello lleno de líneas de expresión. Me sentaba frente a ella y, con sutileza milagrosa, le pintaba girasoles, pétalos y estrellas en toda su piel. "Los ojos no son la entrada al alma, es el cuero que cubre tu cuerpo. Allí nace el amor y la complicidad". Sus palabras contenían tanta verdad en un mundo de apariencias y superficialidad.

Al crecer, estudié arte con el deseo de teñir rostros, colorearlos, darles vida y que la gente se sintiera feliz. Gracias a mi abuela y su amor al arte, abrí mi primer estudio. Fue aquí donde llegó ella, mi esposa, en una de las convocatorias que hice para pintar cuerpos.

Es impresionante cómo el simple roce de las pieles puede despertar un estallido de fuegos artificiales en el alma. Su tez, de un cálido tono moreno, evocaba la tierra fértil bajo el sol poniente. La luz se deslizaba suavemente, acariciando cada contorno de su cuerpo perfecto. Aunque su piel absorbía la luz del día, era la mía la que se iluminaba con su contacto.

Ella entró en silencio y me estremecí al recordar sus caricias en mi dorso. Sus mimos eran siempre suaves, tiernos y llenos de pasión. Me convertí en su prisionero, un adicto a sus manos provocadoras. Me ofreció una taza de café humeante y, como siempre, se posicionó detrás de mí, mientras dibujaba su cara perfecta. Acarició mi cabellera escasa y canosa. Luego descendió a mi rostro, a mis labios, y finalmente llegó a mi pecho; allí, donde su cabeza descansaba cada noche. Tiró de mis vellos, erizando mi piel. Intenté concentrarme en el lienzo, pero su respiración coqueta me estremecía.

Ella comenzó con besos tímidos en mi nuca, mordisqueando suavemente con sus labios. Tomó mi café, ya frío, y lo colocó en la mesa lateral. Acarició mis pezones, duros y erguidos, descendiendo por mi pecho hasta mi cintura. Ese lugar donde se aferraba cuando la embargaba la tristeza o la alegría. Continuó su camino hasta el monte de Venus. Sentí cómo mi pene crecía, volviéndose una piedra dura y negra. Ella siempre decía que me amaba por ser una buena persona, pero lo que yo tenía entre las piernas la volvía loca. Sus dedos, expertos, recorrían mi tronco, llegando a su hogar, donde tantas veces, millones de veces, me cabalgó, susurrando que me adoraba y que era mía. Sus gemidos en mi oído hicieron que mi miembro le saludara como un soldado: firme y dispuesto para la batalla. Quise voltearme para besarla y tocarla, pero no me lo permitió. No insistí. Necesitaba sentirla, que disfrutara lo que era suyo y tanta vida le había dado. Abrí los ojos y vi su rostro en el papel blanco, lo imaginé cubierto de flores, estrellas y lunas. Su mano derecha comenzó un vaivén desde la base hasta la punta de mi pene. La cabeza, hinchada por la presión, estaba a punto de estallar. Con la otra mano, apretó mis nalgas, gesto que me enloquecía. Las tensé, desquiciado de placer. Gemí, pronunciando su nombre que tanto me excitaba. Luego ella recorrió mi espalda con sus dedos, dibujando un ocho, nuestro número, el día que nos casamos. Tiró de mi cabello y susurró: "Te amo, mi amor". Se escupió en ambas manos y las frotó sobre mi pene desesperado. Bajó, subió, apretó la cabeza, acarició mis testículos; morí de éxtasis. Llené sus manos del néctar amado.

Parecía un sueño estar así, sintiendo su deseo, mi excitación, su aliento mezclado con el mío...

Sonó la alarma, desperté. Mis caderas se movían sin control, pero todo cesó cuando vi que el otro lado de la cama estaba vacío. Lola, mi gata, estaba hecha un ovillo en la otra esquina, mientras su patita derecha jugueteaba con la sábana sobre mi muslo.

3

AL FIN, UN SUSPIRO

E ran las cinco de la tarde, hora en la que la mayoría de las personas, que trabajan en las oficinas, ponchan para irse a sus hogares. Algunos en sus carros propios y otros, como yo, en transporte público. Carteras voluminosas, envases de comida y olores extraños y dispersos, confirman el fin de una jornada caribeña y sudorosa. Dejo mi estación de trabajo repleta de tareas pendientes para el día siguiente. Voy al baño para retocar mi maquillaje. Suelto mi melena que roza mis hombros y me encuentro pensando en todos los repugnantes clientes que me tocaron hoy. Un hombre me entregó una tarjeta con su número de teléfono para que lo llamara. Otra mujer me regaló una mirada asesina cuando le di la bebida a su marido; incluso, hasta un atrevido rozó mi muslo con sus zapatos asquerosos.

Me refresco el cuello con agua fría, intentando disipar, solo un poco, mis fastidiosos pensamientos. Porque sé que cuando llegue a casa tengo que sentarme con las gemelas para que entiendan por vez número cien la tabla del tres. Lavar los sucios uniformes y hacer, como siempre, la cena. Quizás, prepararles unas papas fritas con el pollo que tanto aman, si alcanza el aceite. Trabajo seis días a la semana, más de cuarenta horas como mesera, y encima tengo que llegar a atender a mi familia. Los domingos, que son mis días libres, si es que no me ponen a trabajar porque alguien faltó, debo hacer los quehaceres en la casa. Mi esposo no mueve un dedo ni con sus hijas. Desde que se pensionó por una caída en su trabajo, solo ve televisión en el sofá. Lo que recibe de su pago no da ni para el colegio de las niñas. Respiro hondo, muy hondo, enfocándome en el presente. "Respira paz, calma. Por favor, deja atrás las preocupaciones", repito.

Los empleados se marchan y yo aprovecho para doblarme la falda de tubo, tres veces en mi cintura hasta que alcance un palmo por debajo de mis nalgas. Me miro al espejo y sonrío. Taconeo firme hasta la parada de guaguas. Dejo pasar muchos autobuses llenos de racimos de personas hasta que llega el que me deja a unas cuadras de mi destino. Una lucha incesante de roces de brazos y codazos para poder ubicarme en el mismo centro del gentío.

Y entonces comienza la incesante cacería. Aquel viejo de unos ochenta años con una bolsa de pan caliente ni soñarlo. Al fondo, observo una espalda bien trabajada que culmina en unas nalgas gordas, pero una segunda mirada me deja bien claro que anda acompañado. Lo siento, aprieto mis dientes, porque el condenado se ve bien rico. Hoy tengo ganas de un tipo con pelo largo, que tenga una gran cola que pueda halar. Si tiene tatuajes, sería un *plus.* Me inquieto al pensar en las contadas ocasiones en las que me he ido en cero. Mientras la guagua sigue en curso, siento un extraño bulto pegado a mi espalda. Rezo para que no sea, como muchas veces, un celular o una cartera.

Es hora de averiguar si, al fin, puedo tener una tarde divertida. Aprovecho el vaivén de un bache para rozar la portañuela de la persona detrás de mí. Veo que es un caballero y la respuesta es automática. El cuerpo varonil se adhiere con fuerza, coloca en su lugar la dureza y me deja tomar el control. En cinco paradas que faltan, me encargo de que lo que siento entre mis nalgas, crezca a mi antojo. Empino mi trasero y comienzo con movimientos giratorios lentos que tanto me excitan y experimento el tibio aliento del caballero en mi cuello. Disfruto de sus brazos tostados y velludos, deslizándose por mi costado. Entrelazamos las manos. Lanzo una mirada circular al entorno. Todos están ocupados en sus celulares o en bajar y subir del autobús. No me preocupa nada de eso porque ya tengo el pedazo de carne para mi cena. Con mi mano alcanzo la entrepierna del hombre y lo siento duro como un mástil que cualquier mujer puede agarrar.

No podía permitir que el entusiasmo de mi nueva víctima se le bajara, así que meto mi mano por dentro del pantalón y comienzo a acariciarlo. Una mano traviesa entra por mi camisa y me agarra una teta. Comienza a apretar mi pezón con sus dedos y agradezco ese gesto porque hoy pesqué a alguien del bando de los decididos.

Llegamos a mi parada y agarro vigorosamente la mano del atrevido. Lo remolco hasta la puerta para que me acompañe. En un par de pasos nos encontramos con un edificio cerrado y en mal estado. A pesar de eso, la persona que está en el portón se asegura que nadie entre a hacer fechorías; pero el tipo me saluda inclinando su cabeza hacia adelante, tocando su gorra color verde. De mi sostén saco un billete, le guiño un ojo y nos deja pasar. Nos situamos detrás de un gran camión oxidado. Coloco mi bolso en el suelo, me alzo mi falda hasta la cintura y le doy un condón. Él trata de besarme, pero no estamos para besos. Ese roce tan íntimo no es un regalo para desconocidos; es solo para mi marido.

Este mortal sin nombre me obsequia palabrotas ricas y asquerosidades que me excitan. Me tira de frente en la capota, yo irgo el culo y él me baja los pantis. Escucho cómo se abre la correa y suelta su mahón desteñido. Me imagino el gustazo que debe estar sintiendo el guardia, espiando desde su lugar; y eso me pone bien bellaca. El tipo escupe su mano y mete dos dedos en mi vagina. Entran y salen bien fácil gracias a mis líquidos. Luego me agarra fuerte de la cintura y poco a poco va entrando su pene. Siento la cabeza hinchada desgarrando la pared de mis adentros. Quiero acabar y empiezo a moverme hacia atrás para que agilice la estoqueada. Él se mueve rápido, como me gusta, como deseo y como necesito. Los dos empezamos a sentir la llegada de lo inevitable y el hombre cae encima de mi espalda. Lo empujo, me bajo la falda y le doy las gracias. Le dejo de regalo mi ropa interior.

El tipo balbucea días y horas para la próxima cita, y con un ademán de mano me despido. No estoy para ese tipo de relaciones.

Miro el reloj; ya me he demorado casi veinte minutos en llegar a mi casa. Me recojo el cabello sudado y me arreglo un poco la ropa. Camino la cuadra que divide mi hogar. Mi esposo está sentado en el sillón viendo el partido de fútbol. Observo el rollo de grasa que cae sobre su cinturón y le doy un beso en su goteada mejilla. Entonces, comienza el ritual automático. "¿Cómo estás?", "¿Cómo estuvo tu día?". No le respondo. ¿Mi día? Igual, con clientes maleducados, bruscos, insoportables, el transporte horrible... solo pienso. Esta vez, no quiero hablar. Voy al cuarto de las gemelas y están peleando por un juguete. A ellas ni les importa mi presencia y a mí tampoco. Me pongo a cantar una melodía alegre. Cuando me doy cuenta, trato de bajar mi voz, porque ninguna mujer cansada de trabajar para mantener una familia debe estar tan radiante. Debo disimular un poco. Me doy un baño. Acaricio mi perfecto y radiante cuerpo, mientras recuerdo sus manos en mi cintura. Trato de evitar un gemido. Reviso mi ropa para que no exista ninguna prueba de mi excitante tarde. Me pongo el pijama de mangas y pantalón largo, acuesto a las niñas y voy para mi cuarto. ¡La rutina de todos los días!

Mi esposo está roncando como un rinoceronte y yo caigo cansada, pero satisfecha. Miro para el lado y contemplo su rostro sin afeitar, sus dientes amarillos y estropeados, la calva con los tres pelos que tiene, el miembro flácido y escueto; suspiro para no llorar. Cierro los ojos y me olvido de esa imagen. Mañana será un nuevo día, otra víctima, un escape más que sabe a gloria.

4

APLAUSOS BORICUAS

E l zumbido de los motores llenaba el aire, mientras el avión ascendía sobre el cielo azul. A través de las ventanas, contemplaba con tristeza el país que me brindó uno de los mayores logros de mi vida profesional. La emoción se mezclaba con la nostalgia al despedirme de la tierra que me alimentó durante tantos años. España me regaló muchos éxitos. Llevé mis libros para una corta gira y terminé viviendo y amando el país. Fue una época de logros, de conocer personas, caminar por alfombras rojas, participar en series y dedicarme a lo que más amo: escribir. Pero era hora de regresar a mi tierra y poner mi vida en orden. Lo bueno no se había acabado, pero con una casa en Toledo y una serie exitosa basada en mi libro número uno en las plataformas digitales, podía darme el lujo de pasar una temporada en Puerto Rico.

El viaje era directo a la Isla del Encanto. Ocho horas y cinco minutos para descansar y desconectarme del bullicio de los autógrafos, papeleos y los asuntos de la oficina. Nunca sufrí de ansiedad, pero al llegar a España, estar sin mi familia y tener tantas presentaciones, eso me abrumó. Experimenté ataques de ansiedad. Todos me decían que lo que necesitaba era un buen polvo, pero no tenía ganas de estar con alguien ni de masturbarme. Siempre estaba tan cansada que me dormía antes de empezar a tocarme. Sufría de dolores de cabeza y falta de aire. En las noches, tomaba mis copas de vino y una pastilla para dormir. Eso me aliviaba un poco, pero los síntomas regresaban al otro día. Mis nuevas amistades insistían en que saliera, no podía, me daba miedo. En este medio artístico, muchas personas son falsas y tenía pánico de distraerme de mi motivo principal: llevar mis letras al mundo.

Al entrar al avión, me asignaron mi asiento. Por un error de mi asistente, me tocó en el medio de la fila del pasillo y no en primera clase, como suelo viajar. No le di tanta importancia esta vez. Iba para mi país y estaba muy eufórica. Era un vuelo nocturno, así que en las primeras horas ofrecieron comida, algo de beber y apagaron las luces para poder descansar. Estaba nerviosa, alegre, triste; en fin, una mezcla de sentimientos por llegar a Puerto Rico. Me tomé una botellita de vino y unas pastillas para poder dormir al menos un poco. Cerré mis ojos para descansar, ya que al llegar a mi isla me esperaba un día lleno de compromisos familiares.

Los pensamientos no tardaron en regresar, ¡qué difícil! Siempre lo mismo, como mi ansiedad. A cada hora, recordaba a ese hombre por el que abandoné mis esperanzas de tener una relación sana y bonita. El casi algo que me arrebató mi alma y mi cuerpo, haciendo con ellos lo que le dio la gana. El que cada cierto tiempo me enviaba un mensaje en la madrugada y mi cuerpo se estremecía... creo que todavía. Ya son dos años desde que sus manos no me tocan, pero las recuerdo y las anhelo cada segundo de mi vida.

Sentí inquietud y nerviosismo ante la posibilidad de que supiera que iba a regresar. Que se apareciera en mi casa, en mi vida, de nuevo... y yo, como pendeja, me rindiera ante su sonrisa maliciosa y bellaca. Seguíamos conectados por las redes sociales y tanto él como su familia le daban *like* a mi contenido. Muchas veces, me comentaba o felicitaba cuando subía fotos en alguna alfombra roja en la que participaba, pero nunca le respondía. Fue una relación tormentosa y las frases incompletas y confusas, "puede ser", "hoy sí", "en semanas, no", "te veo más tarde", "nunca llegaste", "¿qué pasó?", "no sé", "quizás"... llenaron mi mente y acabaron con mi alma. Soy culpable. Debí parar, decir no, basta, pero era una mujer con poca o ninguna autoestima, dispuesta a recibir migajas para que la amaran. Pero, *wow*, no puedo negar que fue el mejor hombre que ha saboreado mi sublime cuerpo. Descubrí sensaciones puras, únicas, orgasmos tan encharcados que todavía puedo recordarlos.

Al pensar en él, suspiré y sin querer le di un codazo al que estaba sentado a mi lado. El alcohol y la píldora estaban haciendo efecto. Recuerdo la primera y única vez que tuve un orgasmo con su boca. ¡Cómo gocé! Siempre tuve problemas con el sexo oral, pero él lo logró. Su técnica de chuparme los labios vaginales, halarlos con sus dientes, usar su aliento caliente para humedecerme, llenarme de su saliva y luego, con sus dedos, ir poco a poco entrando, lograron que mi cuerpo se relajara y llenara su barba rasposa con mis líquidos. Su cuerpo, tan marcado de arrugas, líneas de expresión, muchos golpes de su pasado, su color a café con leche recién colado, hacían que, al verlo, me mojara. Era alto, más de seis pies; su pecho y espalda eran anchos como una canoa donde podía nadar y descansar. Los orgasmos que tuve con él eran mi hogar. Moría y revivía al instante en otra mujer. Por un momento, deseaba alejar esos pensamientos. Él me aturdía y no podía volver a obsesionarme con él. Era inevitable. A un par de horas de pisar mi isla, lo único que deseaba era correr hacia él, quitarle la ropa, olerlo como una poseída y cabalgarlo.

Después de un par de horas de vuelo, de divagar entre estar medio despierta y dormida, tomé otra botellita de vino que me ofrecieron. La bebí y me tapé los ojos nuevamente para intentar dormir lo que me quedaba de vuelo. El avión no solo llevaba pasajeros y equipaje, sino también la esperanza de volver a verlo y que al fin sintiera algo por mí. Mi mejor amiga en Puerto Rico siempre me decía que nunca perdiera las esperanzas, que todo tiene su momento, que él seguía pendiente de mí. ¡Hasta me dijo que le dijeron que seguía soltero! No deseaba creerle. Este viaje iba a marcar la continuación de ese amor que nunca fue mío, pero lo fue todo para mí.

La cabina resonaba con el sonido constante del zumbido de los motores, mientras la aeronave se elevaba por encima de las nubes. El movimiento y el roce del extraño a mi lado me trajeron a la mente las veces que él me tocaba con disimulo para conseguir que me rindiera a sus pies. Esa tímida fricción, sin querer, del codo de la persona a mi lado, me hizo tiritar. Recuerdo la primera vez que mi amor me tocó las manos y fue el día que no pude soltarlo. Estar tan cerca de Puerto Rico y saber que podía volver a verlo me hacía sentir un revolcón en el estómago y varios espasmos en mi entrepierna. ¿Voy a seguir con lo mismo? ¿Otra vez? ¿Pensar en ese hombre, aunque él ni tan siquiera sepa que es mío? Parece que sí, necesitaba tenerlo dentro de mí. Añoraba sus labios cerca de los míos. ¡Oh, esa boca rota, que solo pronunciaba mentiras que me creía y mis piernas se abrían sin importar lo que pasara luego!

Me excitaba cada vez que llegaba de madrugada, con su camisa blanca de algodón, mangas cortas, cuello circular, mahones azul oscuro y rasgados. No nos saludábamos. Yo le abría la puerta y él se abalanzaba sobre mí. Le tenía tantas ganas que le podría quitar la camisa y aspirar su pecho, donde me recostaba cuando me corría. Su torso lleno de vellos rizados, algunos blancos, y ese contraste con su piel oscura, me volvían loca. Anhelaba desabotonarle su pantalón y ligármelo con esos *boxers* color negro apretados. De repente, metí mi mano por debajo de la sábana que me dieron al llegar al avión, me subí la falda y me corrí los pantis. Mis suspiros empezaron a mezclarse con los ronquidos de mi vecino de atrás.

Mi mente traviesa deseaba ver cómo de sus calzoncillos salía el que me regaló vida por ocho años. Su pene, el mejor pedazo de carne que me he comido, hinchado, con sus venas brotadas, la cabeza bastante gorda y listo para probar mi horno caliente. Mis dedos inquietos no podían dejar de apretar mi clítoris excitado. Acariciaba toda mi vulva y, poseída de placer, me los fui metiendo uno a uno en mi cueva hinchada. ¡Cómo deseaba tragarme hasta su saliva y tenerlo dentro de mí por siempre! Estaba desesperada por sus besos, que me agarrara el mentón con su mano tosca y comenzara a comerme, descubriendo con su lengua mi interior y comprobando si lo extrañaba o simplemente ya no sentía nada. No puedo mentir, luego de entregarme a él siempre me sentía como una plasta de mierda que él pisaba a su antojo. Y yo, me dejaba. Me consumía. Mis labios, mis tetas, mi pelo, mi barriga, mi entrepierna eran suyos. Lo que me provocaba era tirarlo en la cama, pararme frente a él y arrancarme la ropa. Mi cuerpo imperfecto se sentía glorioso. Mis defectos pasaban a otro plano. Era una diosa. Deseaba convertirme en un animal, gatear encima de su cuerpo y rozar su pene con mi vulva. Sentía cómo mis dedos entraban y salían resbalosos de mi interior. Trataba de suspirar sin emitir gemidos, pero era imposible. Mis caderas empezaron a moverse debajo de la manta y el codo ajeno comenzó a presionar más. No tengo idea si me estaba diciendo que parara, pero quién carajo va a parar cuando lo que deseaba era gritar y tener un orgasmo.

A medida que el avión descendía, los latidos de mi corazón se aceleraban. Me apetecía morderlo. Meterme su bicho lentamente. La cabeza siempre la tenía tan hinchada que tenía que hacer fuerza y presionar para que entrara. Cuando al fin podía acariciar mi interior, comenzaba el mejor baile de vals que existía. Movía mis caderas lentamente, describiendo círculos amplios que rozaban cada rincón de su virilidad. El ritmo pausado intensificaba cada sensación, como si cada movimiento fuera una caricia deliberada. Me incorporaba ligeramente, permitiendo que la punta de su miembro apenas rozara mi entrada, para luego descender con lentitud, sintiendo cómo me llenaba por completo. Él me sujetaba firmemente por las caderas, guiando mis movimientos con una fuerza contenida que me encendía aún más.

Tomé la sábana y la presioné contra mi entrepierna, buscando aumentar la fricción y prolongar el placer. La sensación era exquisita, y mi cuerpo clamaba por liberarse. A lo lejos, escuché el anuncio de la tripulación indicando la preparación para el aterrizaje, aunque mi mente estaba absorta en la inminente culminación de mi deseo.

Mis manos, ocultas bajo la manta, se movían con audacia, orquestando una sinfonía de placer que crecía en intensidad. Aceleré el ritmo, apretando mis muslos y sintiendo cómo su pene entraba y salía con una cadencia perfecta. Estaba empapada, cada fibra de mi ser vibraba al compás de nuestros cuerpos entrelazados.

El avión comenzaba su descenso y mi cuerpo se tensaba al borde del clímax. Cerré los ojos con fuerza y, en mi mente, él me sujetaba del cuello, acercando sus labios a los míos y susurrándome: "Eres mía, carajo". Esas palabras me pusieron tan bellaca que no pude controlarme y grité: "¡Puñeta, me vengo!". En ese mismo instante, el avión tocó tierra y mi orgasmo explotó dentro de mí, sincronizado con todos los aplausos de los pasajeros. Las personas celebraban la llegada a la Isla del Encanto y yo me venía como un *corvejo.*

—Hemos llegado a Puerto Rico. Hora local: nueve y treinta y cinco de la mañana.

Por favor, recuerden recoger todas sus pertenencias y asegurarse de no dejar objetos personales a bordo. Ahhhhhh y limpiar cualquier líquido derramado. ¡Que tengan una excelente estadía!—anunció el capitán.

Abrí los ojos y me encontré con la cabina iluminada. Los pasajeros recogían sus maletas y el vecino de al lado me lanzó una mirada cómplice, acompañada de un codazo sutil. Yo sonreí para mis adentros, sabiendo que mi bienvenida a casa había sido más intensa de lo esperado.

5

REFLEJOS DE AMOR

D on Jorge estaba en el baño, mirándose fijamente al espejo, aunque su reflejo parecía más confuso que él mismo. El hombre se rascó la cabeza y susurró:

—Tú me conoces, ¿verdad?

El espejo, como buen compañero silencioso, no respondió. Pero eso no desalentó a Jorge.

—Claro que sí, porque estabas ahí cuando estuve con Juana.

El viejo sonrió, y sus ojos chispearon con ese destello travieso que nada ni nadie le había robado. Levantó el dedo acusador hacia el cristal.

—Te voy a contar la mejor historia de amor. ¡Esas películas o series de *Netflix* se quedan cortas con lo que me pasó! Me ves un poco barrigón y canoso, pero en mis tiempos era un joven superguapo, con una larga cabellera. Eso sí, no era tan agraciado en el amor. Estaba muy metido en los estudios. Era un *nerd*. ¡Mejor inteligente que inculto!

Hizo una pausa, como si rebobinara su vida en cámara lenta.

—Cuando tú te enamores de verdad, entonces, entenderás mi historia de amor con Juana. ¡Ahí como la ves ahora tan educada y amorosa, era una salvaje y atrevida! ¡Ay, recuerdo cómo la conocí!

Don Jorge se tapó la cara como si estuviera abochornado por lo que acababa de decir. Luego bajó las manos y suspiró, entregándose a sus recuerdos.

—En las interminables líneas de asfalto que tejían nuestro destino, Juana y yo nos encontramos en la autopista de San Juan a Lajas. Ella conducía una motora, de esas grandotas, ¡con casco y todo! ¿Eh? Toda una rebelde con su *jacket* de cuero. Yo tenía un Toyota 1.8 que mi papá me regaló. Había pasado de generación en generación y estaba niquelado.

Se peinó con la mano, tratando de alisar los pocos cabellos que aún le quedaban.

—Me aceptaron en la Universidad del Sagrado Corazón y ese fin de semana estaba loco por salir de la clase, recoger mis cosas en el hospedaje y llegar a Lajas. La vida en *la metro* no me estaba ayudando mucho. Estaba con ansiedad. El tráfico, las clases... no disfrutaba, para nada, de la vida nocturna en San Juan. Para colmo, siempre estaba metido en la biblioteca o en mi hospedaje. Ese fin de semana largo iba a ser distinto. El lunes era día feriado y podía compartir con mi familia y descansar.

Ahora, Don Jorge tomó una peinilla y comenzó a acicalar su escaso pelo.

—¡Tú no sabes lo feliz que me hace poder hablarte de la mujer más hermosa que he conocido! Querido amigo, no vas a creer cómo me *enchulé* de Juana en la autopista. ¡Lo que te voy a contar es un poco fuerte, pero digno de un Oscar!

El viejo carraspeó y se incorporó un poco, como si volviera a tener veinte años.

—Salí disparado de la universidad, loco de llegar a Lajas. El viajecito era de dos horas. Había un tapón *bumper* con *bumper.* Cuando llegué al primer peaje, tomé la bolsita *Ziploc* y comencé a echar en la canasta los chavitos prietos hasta llegar a los sesenta centavos. Los tenía que tirar uno a uno para que no se tardaran en bajar en la canasta. Mijo, en mis tiempos no teníamos los peajes de ahora que te toman la foto. No, no, no. Había que tener cambio en el carro para no tener que pasar por la persona que trabajaba en la cabina y te cambiara el dinero.

Don Jorge movía las manos, mientras hablaba, como si estuviera echando los chavitos imaginarios.

—Con mi santa calma empecé a tirarlos. Uno, dos, tres, 55, 56, 57, 58, 59... y la ansiedad comenzó a atacar. La bolsa se quedó vacía. Busqué en la guantera, debajo de las alfombras, en mi cartera, por las esquinas y no tenía el dichoso chavo. Los carros tocaron bocina y yo a sudar, porque no tenía ni aire acondicionado. ¿Quizás? ¿Eh? ¡Moría de la vergüenza!

Don Jorge frunció el ceño, imitando el bullicio.

—¡Avanza, chico! ¡Cabrón, muévete! —gritaban desde atrás.

Hizo una pausa. Sus ojos se llenaron de picardía.

—Hasta que de la nada llegó una mujer. Esa *condená* me tomó por sorpresa. Una motora grandota con un sonido fuerte se estacionó entremedio de la canasta y mi carro. La misteriosa mujer me miró, a través de su casco negro, sacó un chavito de su bolsillo de atrás y lo depositó. Luego, se bajó el cubrebocas y me dijo: *"Espero que en un futuro cercano me la eches donde tú desees".*

Don Jorge soltó una risita entre sus dientes.

—Yo me quedé boquiabierto y, a la vez, excitado por sus palabras... En fin, por ese instante, esa mujer me salvó y pude seguir mi camino. No pude verle la cara, pero sus ojos eran color verde y tenía una boca carnosa y color rosita.

Tomó su colonia y se echó un poco por el cuello. Cerró los ojos por un minuto, como si la suave fragancia lo transportara directo a ese recuerdo.

—Lo que me dijo, me provocó pensar en ella por todo el camino. Yo no era tan conocedor del amor ni había tenido mucha experiencia sexual, pero ese comentario me hizo recrear varias escenas calientes.

Don Jorge abrió los ojos lentamente y se miró al espejo con media sonrisa.

—Eran casi las ocho de la noche y estaba por Salinas. No podía aguantar las ganas de ir al baño... No sé si era por la excitación o las ganas reales de orinar, así que paré. Me estacioné en el peaje. Fui corriendo al baño. Estaba solitario.

El anciano se llevó un dedo a la frente, recordando con una precisión quirúrgica envidiable.

—Entré, hice lo que tenía que hacer, y al salir alguien abrió la puerta... ¡pum! Me dio un cantazo en la frente.

Se tocó el mismo sitio, como si aún le doliera.

—Cuando subí la cabeza, era ella. ¡La mujer misteriosa! Esta vez no traía el casco. Tenía el pelo negro azabache, ondulado y revuelto. Sus labios... ay, sus labios... tenían un color de pomelo recién cortado que me hacían pensar en su extraña entrepierna.

Don Jorge bajó la mirada, mientras jugueteaba con el palillo de algodón que usó para limpiarse el oído.

—La reconocí de inmediato por su pantalón de cuero y sus dos grandes ojos color aceituna. Me miró con coquetería, se mordió el labio inferior... y se fue acercando. Yo traté de escabullirme, pero la puerta me lo impidió. Ella la cerró con su pierna envuelta en un cuero brilloso, seductor e imponente.

Hizo un gesto con las manos, ahora, dibujando el contorno de una pierna.

—Por un segundo me asusté. Con sus dos manos agarró mi cara y atrajo mi boca a la suya. Me dio un rico beso que me hizo olvidar dónde estábamos. Al ratito, me susurró: *"Ahora te toca echarme lo que tú desees"*.

Don Jorge dejó el algodón en el borde del lavamanos. Esta vez, y solo por un segundo, su mirada se perdió en el fondo del espejo.

—Ay, esa mujer que se las traía... no me iba a imaginar que la volvería a ver, y menos en ese lugar.

Se enderezó, como si su cuerpo quisiera volver a esa escena.

—Comenzamos a besarnos como si no hubiera mañana... o, mejor dicho, como si nos fueran a atrapar. Sentíamos unas ganas salvajes. Le acaricié con sutileza el cuerpo y metí mis manos por dentro de su blusa. Le apreté las tetas, pequeñas, pero rellenitas. Sus gemidos despertaron la ansiedad entre mis piernas.

Don Jorge se mojó, despacio, los finos labios.

—Me llevó al lavamanos y yo, como buen caballero, agarré un pedazo de papel que quedaba del dispensador y lo limpié. Ella, desesperada por mi tardanza, se bajó sus pantalones. No llevaba pantis.

El viejo soltó una risita pícara.

—Tomó mi mano y la llevó a su vulva. Estaba tan mojada, tan mojadita, que mis dedos resbalaron en su interior con facilidad. Ella tenía los ojos cerrados y se mordía los labios con gusto. Luego de unos minutos, su vista se posó en mi pene. Se notaba que estaba bastante duro y con ganas de salir. Mi querida mujer misteriosa me ayudó a bajarme los pantalones, el calzoncillo... y tomó el mando de su nuevo juguete.

Don Jorge acomodó su bata con disimulo, como si su cuerpo aún reaccionara a lo que recordaba.

—Con un poco de fuerza, me atrajo hacia ella. Entre besos y toqueteos, la penetré. Mis caderas enloquecidas y ágiles cambiaron su velocidad por un baile de vals. El tiempo se detuvo en ese compás de gemidos suaves, sabrosos y respiraciones entrecortadas. Nuestras manos danzaban, explorando con delicadeza la piel de cada uno.

Volvió a su reflejo. Por un instante, se vio joven.

—A pesar del lugar, el encuentro fue muy íntimo, sublime, algo del más allá. Nuestros cuerpos levitaban, mientras mi pene entraba y salía de su fruta deseada. Sentía que estaba llegando el momento y ella me dijo al oído, con una de las voces más demandantes, pero calmadas del mundo: *"Ahora te toca echarme el cambio en mi boca"*.

El anciano tomó aire, casi como si reviviera ese momento en su carne.

—Ella salió lentamente de mi hueco, se arrodilló, lamió mi pene de abajo hacia arriba... Me ordenó que le agarrara el pelo con una mano y, con la otra, que me masturbara con fuerza. Esa maravillosa mujer abrió su boca hinchada y mojada... solo me bastaron tres sacudidas para darle el cambio completo.

Don Jorge tragó saliva. Su voz, por primera vez, se suavizó.

—Se levantó. Se acomodó la ropa. Me besó... y me dijo: *"Llámame mañana. Por cierto, soy Juana".*

El silencio cayó por unos segundos, como si el espejo necesitara un momento para procesar lo escuchado.

—Yo me quedé perplejo y, con la mitad de mi cuerpo sin ropa, en medio del baño del peaje de la autopista. Primero, por lo sucedido... y luego porque al fin escuché el nombre de la mujer que robó mis sueños y mis días.

Don Jorge tomó sus lentes del estante, justo al lado de la colonia. Los mismos espejuelos de siempre, rayados, desajustados… pero testigos fieles de su vida. Comenzó a brillarlos con la esquina de su camisa, como si al hacerlo, también despejara los cristales del recuerdo.

—Mientras me limpiaba, verifiqué si me había dejado algún papel con su número y no vi nada. Salí del baño un poco triste.

De repente, regresó la sonrisa.

—Pero al llegar a mi carro vi el anhelado tesoro en el parabrisas… y la historia de amor más hermosa inició esa noche.

Justo en ese momento, la voz de una mujer rompió el silencio:

—Jorge, ¿con quién hablas ahora?

Juana estaba parada en el marco de la puerta, con su bata de flores, mirando a su marido con la misma coquetería, belleza y enamoramiento de antaño. El hombre giró la cabeza. La vio. Allí estaba ella, de pie, con ese mismo brillo en los ojos.

—Con el espejo, mi amada Juana. No sé si me escucha, pero siempre me responde.

Ella se acercó, le tomó las manos y lo besó en la frente.

—Bueno, ven, que el desayuno se enfría.

Mientras salían juntos del baño, Don Jorge le murmuró al espejo:

—No me la robes, ¿eh? Esta historia es solo mía.

Y aunque el espejo no respondió, su reflejo sonrió. Don Jorge lo miró de reojo y le regaló una guiñada repleta de travesura.

6

OJOS CERRADOS

¿Con qué propósito, nostalgia o pensamiento dos mujeres que nunca se habían deseado querrían, así de la nada, reconocerse, olerse la piel y lanzarse la una a los brazos de la otra como si el pudor jamás hubiera existido? ¿En qué cabeza cabe que, de repente, concretara un encuentro con la violonchelista más famosa del mundo, justo cuando terminaba su gira en el Teatro Mayor y viajaría a San Juan a presentarse en Bellas Artes? Por mi mente, solo pasaban las preguntas que suelo hacer cuando entrevisto: ¿por qué ahora?, ¿por qué ella?, ¿por qué yo?

Descubrí a Micha el día que enterré a mi esposo. Fue su hechizante melodía la que me acompañó durante los tres días del velatorio. Desde ese momento, investigué más sobre su vida: vi todos sus videos, las entrevistas y la forma en que abría la boca cuando sus dedos subían y bajaban por las cuerdas del chelo. Ese breve gesto me sacudía hasta los huesos. La respiración acompasada, con cada nota, parecía un lamento. Con aquellos dedos largos y delgados, agarraba el arco y le hacía el amor al instrumento con furia contenida.

Los tabloides contaban que había quedado ciega por culpa de un mal amor.

Yo era periodista de un importante periódico y utilicé eso como excusa para proponerle una entrevista. Necesitaba justificarme ante mi editor: estaba en la cuerda floja tras tantas ausencias motivadas por una tristeza sin nombre. Pensé que esta exclusiva me devolvería algo de prestigio o, al menos, mi puesto. Contacté a Micha y en dos días quedamos en vernos.

Ella sorbía con cuidado una taza de café negro, ardiente, sin azúcar. Parecía la entrevistadora porque desde que me vio me preguntó desde cuándo estaba soltera.

—Viuda —le susurré.

—Puedo percibirlo —me respondió, y se quedó en silencio.

La observé con atención. Tenía el cabello muy corto, casi pegado al cráneo, lo que hacía que su rostro pareciera más pequeño y delicado. Su cuerpo era extremadamente delgado. Sus dedos —como ya los había visto en los videos— eran extensos, típicos de una artista. Tenía un lunar peludo en el cuello. Suena extraño, pero deseaba olerlo, tocarlo, rozarlo con los labios. Vestía un traje color crema, ancho, de esos que llevan las que caminan por el mundo sin apuro, y unas sandalias de cordones que abrazaban sus huesudas pantorrillas.

Fue una mañana desafiante y traviesa. Micha no me soltaba la mano. La dejé. Pensé que, por su ceguera, buscaba seguridad. Mientras engullía mi tostada con mermelada de uva, ella comenzó a rozar la palma de mi mano con su dedo corazón. Trazaba círculos, detenía el gesto y lo retomaba.

—¿Estás bien? —me preguntó, con una sonrisa maliciosa, mientras su rostro miraba hacia el techo—. Creo que, para que esta entrevista sea un éxito, deberías grabarme tocando. Vamos al cuarto del hotel —sugirió.

Le dije que no, que no era necesario, pero no solté su mano. Ni en el carro, ni en el pasillo del hotel, ni en el ascensor. Era juguetona, como uno de esos muñecos inflables que se agitan al ritmo del viento frente a las tiendas. En mi defensa, era no vidente, así que debía guiarla.

Cuando llegamos a su habitación, parecía que sus ojos tuvieran vida. Se sabía cada rincón. Dejó la cartera en el sillón junto a la ventana, se quitó las sandalias y las colocó junto a la cama. Me pidió que me sentara. Luego abrió el armario y sacó el gran estuche de su chelo.

—¿Me ayudas?—preguntó con una voz de niña.

Mientras la ayudaba, le pregunté sobre su educación, la música, lo que más amaba... Ella respondía y yo no podía apartar la mirada de su espalda, de su nuca, del lunar en su cuello. Me sentía borracha de su belleza. No sabía si era la soledad o ese magnetismo extraño que irradiaba. Su pelo tan corto me confundía. Por momentos, sentía que estaba frente a un hombre, aunque sabía perfectamente que era una mujer.

Me incorporé y le dije que me iba. Pero ella me pidió que me quedara.

—Por favor, quiero enseñarte mi nueva canción.

Micha me pidió un vaso de agua. Fui a la cocina, tomé una copa y bebí un poco porque estaba sedienta. Dejé que el resto del líquido resbalara por mi cuello. Mis pantis estaban húmedas y mis pezones endurecidos.

Al regresar, la vi sentada junto al ventanal. Le di su agua y me quedé callada. Aunque no podía dejar de mirar el chelo que tenía entre las piernas... Micha estaba completamente desnuda.

—Tranquila, siempre toco así. Me ayuda a ser más libre—me dijo con una sonrisa suave.

Comenzó a tocar una melodía que jamás había escuchado. Era íntima, suave y poderosa. Ambas compartíamos una pasión por los tonos graves y por la vibración profunda del chelo. Ningún instrumento tiene ese rango emocional; su sonido es oscuro, húmedo, casi sexual.

Una emoción carnal me atrapó de inmediato. Sentí un poco de vértigo.

Luego, un gozo dulce, como si el alma me empujara a sumergirme en ese laberinto de sonidos, piel y deseo.

Micha se desenvolvió con urgencia, como si quisiera terminar de tocar, pero no pudiera. Era mi espejo empañado. Su cuerpo se movía poseído por algo ancestral, con giros de cabeza, con la boca abierta como si invocara al cielo, como si la música fuera una súplica.

Una especie de conjuro hizo que me arrodillara frente a su instrumento. Ella abrió sus muslos delgados, separó el chelo de su cuerpo y, con el arco, me señaló el lugar al que debía ir. No hizo falta más. No fue un hechizo ni magia, fue la razón, el apetito, su sexo, todo me llamaba. Mi boca encontró su flor húmeda y, en ese instante, supe que el deseo también puede ser una forma de canción.

Elevé mi vuelo para explorarla: su aroma, su geografía, su alma. Micha no dejó de tocar. Mi lengua encontró las notas exactas en su vulva, memorizando los tonos altos y bajos. Jugué con el 3,1, 3, 4, 1... hasta que la conocida *Bella Ciao* emergió entre sus dedos. El tempo de la canción guiaba mi boca. En la parte lenta, mordí suavemente sus labios vaginales. Sabían a champán: burbujeante, ácido, embriagador.

Ella no gemía. No hacía falta. Mis propios suspiros bastaban. Sus muslos estaban resbalosos. Mi boca, hinchada por el deseo, pedía más. Introduje mis dedos en mi vulva, ya húmedos de su interior. Mientras chupaba su concha, la mía lloraba de alegría.

Tomé un cojín, lo puse en el suelo y lo cabalgué. Extrañaba la fricción. La tela me ofrecía resistencia, como si presionara contra la cabeza de un pene, mientras la carne suave de Micha me arrastraba a otra dimensión. Cada subida y bajada era una caricia impúdica hasta que el *Ciao* final estalló entre mis piernas, como un adiós a la vergüenza, como un orgasmo rebelde. Nuestros cuerpos cayeron al suelo y Micha quedó encima de mí. Nos acariciamos, nos dimos un baño, y dormimos hasta el amanecer.

Nada es suficiente: ni las letras, ni los premios, ni el sexo perfecto. Siete días de amor no fueron suficientes para explorar un cuerpo femenino, saborear una concha jugosa... o, incluso, para considerar volver al bicho. Quién sabe, tal vez, quizás... me quedo con los dos.

7

COMIDA PERFECTA

En la penumbra del bar, iluminado por neones que parpadean con insistencia, entro con paso firme. Soy escritora de literatura erótica. Estoy acostumbrada a desmenuzar emociones ajenas y propias, pero esta noche no busco palabras, sino escape. Me acomodo en una silla alta junto a la barra, dejo mi libreta sobre la madera y pido una copa de vino tinto.

—Un *Cabernet Sauvignon*—digo con voz segura, aunque mis dedos golpetean nerviosos contra el barrote.

—Esto suena a una noche bien larga, ¿verdad?—responde una voz grave, pero envolvente.

Levanto la vista. El barténder es alto, de piel tostada, con brazos tatuados que se mueven con la precisión de un artista. Tiene una sonrisa ladeada, peligrosa, y unos ojos que parecen leer más de lo que me gustaría revelar.

—Mmmm... creo que depende del vino— respondo, cruzando las piernas con elegancia.

Él sonríe ampliamente, dejando ver un hoyuelo que le da un aire casi dulce.

—Soy Marco, el dueño del lugar. Me aseguraré de que esta noche tenga el sabor correcto.

Observo sus movimientos, mientras llena mi copa. Hay algo hipnótico en la forma en que maneja las botellas, como si contara historias con cada mezcla. El vino cae con suavidad antes de colocar la copa frente a mí.

—¿Y qué trae a una mujer como tú a una barra como esta? ¿Historias para un libro?—pregunta Marco, acercándose con un aire cómplice.

Sonrío, juguetona y le echo un vistazo con sutileza.

—Quizás. Aunque a veces las mejores historias son las que no se escriben.

Él sonríe. Mi mirada baja, casi sin querer, hasta sus manos. En la izquierda brilla un anillo de matrimonio. Una parte de su historia que, por esta noche, decido ignorar.

—Creo que tienes muy buen ojo para los detalles—dice Marco, notando mi observación—. Es una de las habilidades de las escritoras, ¿no?

Suspiro brevemente. Levanto la vista y arqueo una ceja.

—Y de los barténderes, supongo. Aunque esta noche prefiero no analizar demasiado.

La sonrisa de Marco, ahora, tiene un matiz de complicidad. La noche continúa entre conversaciones que oscilan entre lo mundano y lo provocador, mientras bebo varios tragos y las miradas de él, me envuelven con un éxtasis prohibido.

Cuando el reloj marca la medianoche, me levanto del taburete con los ojos achinados y la sonrisa más marcada de lo usual. Marco desliza una servilleta hacia mí y manosea sus dedos con los míos. Ese movimiento provoca una electricidad en mi vulva.

—Si alguna vez quieres continuar esta conversación...—dice, con voz baja, cargada de intención.

Tomo la servilleta y la guardo en mi libreta sin mirarla. Salgo del bar con la misma elegancia con la que entré, pero con el eco de su voz grave y su sonrisa peligrosa persiguiéndome.

Al llegar al auto, lanzo el papel al zafacón más cercano. Tenía hambre y ganas de seguir bebiendo, así que paro en otra barra, pero ya está cerrada. Decido ir al supermercado que está abierto las veinticuatro horas: otra botella de vino, algo de comer, una serie. Fin de la noche, pensaba.

Recojo mi cabello en un moño despreocupado. Camino, con un poco de pesadez, entre las góndolas. Tengo antojo de sushi y un buen tinto. Hasta que veo a Marco en la sección de frutas.

Él está concentrado observando una piña, casi como si estuviera escribiendo un poema. La gira de forma sensual en sus manos. "Es un hombre *sexy*... no inventes, mijita", pienso.

—Las piñas no muerden, ya sabes, Marco—digo sin pensarlo.

No suelo iniciar conversaciones con extraños, pero el vino y la forma en que miraba las frutas me empujaron.

Marco levanta la vista, sorprendido. Luego sonríe, mostrando una hilera de dientes blancos junto a una guiñada provocadora.

—Ah, pero si la eliges bien, puede hacerte sentir en el paraíso—responde—. ¿Qué opinas? ¿Dulce o amarga?

Tomo la piña, la huelo y la aprieto con los dedos.

—Prometedora—digo, como si fuera una analista científica y se la devuelvo—. Aunque lo mejor siempre está al fondo, como casi todo lo bueno…

Él arquea las cejas, divertido, y sigue mi consejo. Me escapo hacia la sección de especias, reprendiendo mi flirteo con un hombre casado. Pero justo cuando estoy oliendo un frasco de canela para el café, su voz vuelve a aparecer a mi lado.

—Mmmm, interesante elección. La canela puede ser dulce o intensa, como las personas.

Lo miro de reojo, desafiando su sonrisa con la mía.

—Depende de cómo la combines. Un toque de miel y tienes algo cálido. Un poco de chocolate amargo y tienes una muestra peligrosa y hechizante.

Reímos. Yo continúo mi camino, pero me cruzo con él. Las insinuaciones sutiles y las miradas no cesan. En la sección de pastas debatimos si era más sensual el spaghetti o el fetuccini. En los lácteos, Marco me pregunta si prefiero queso azul o algo más suave.

—Déjame pensarlo. Depende de lo que quieras untar—respondo.

Él se sonroja. Cuando salimos, parece natural terminar en el estacionamiento juntos y cargando las bolsas de cada uno. La madrugada está en todo su esplendor y el aire fresco huele a tierra mojada y a pan recién horneado.

Nuestros autos están uno al lado del otro. Marco me ayuda con mi compra: dos botellas de vino y dos órdenes de sushi.

—Buen provecho. Se nota que van a comer bien rico —comenta.

—Es todo para mí. Soy glotona —le contesto, sin filtro, estimulada por el vino y la tensión acumulada—. A menos que quieras ayudarme.

Marco me invita a su carro. Dice que subiremos a la azotea del edificio para ver la luna porque, según él, está tan hermosa como yo. "Un poco cursi", pienso. Aun así, accedo a su oferta. Llegamos al cielo, literalmente. No es mentira, la luna es un espejo nocturno que susurra una historia que está apenas por escribirse. Comemos en silencio, saboreando cada bocado. Marco abre la botella de rosca y bebemos del mismo pico. Mientras paso el vino por mi garganta, tomo su mano y la llevo a mi boca. No quiero ser tan atrevida, pero exijo acallar mi entrepierna. Ella necesita alivio. Es tiempo de encuerar mi cuerpo, como lo hago con mis letras.

Deslizo su mano por mi pecho, por mi estómago, y la dejo en mi muslo. Él alza mi falda con firmeza y aparta mis pantis hacia un lado. Luego comienza a presionar, poco a poco, mi clítoris. Echo el asiento hacia atrás y cierro los ojos, perdida entre las ricas sensaciones. Gimo suavemente.

Sus dedos, largos y hábiles, se mueven con una precisión erótica, como si cada caricia fuera un verso secreto. Roza mis pliegues dejando un rastro de fuego. Tomo el control. Me meto dos dedos. Marco deja la botella, me quita la ropa interior y la huele con descaro antes de lanzarse entre mis piernas. Su lengua recorre mis muslos, hace círculos en mi centro y succiona mi clítoris hinchado hasta dejarme temblando. Lo jalo hacia mi boca.

—¿Sabes lo que me faltó para en mi desayuno? Mmmm, huevos…—le susurro, sin dejarlo contestar, mordiéndole los labios.

—Yo tengo uno duro y listo para saciarte—responde, jadeando.

Marco se desabotona la camisa, se baja el pantalón y el bóxer. Su pene salta con urgencia. Lo recuesto en el asiento. Me monto encima, metiéndome su proteína hasta el fondo. Estoy tan mojada que no hay resistencia. El sushi cae por la parte trasera del carro y también nosotros. Nuestras caderas chocan sin miedo. Nos devoramos. Marco muerde mis pezones, erectos por el frío y la excitación. Le acaricio la barba negra. Por un instante, recuerdo a mi casi algo. Los gemidos se mezclan con la música de la radio. El aire huele a sudor y a vino tinto.

—¡Me vengo! —grita Marco.

Salgo de su pene, me arrodillo y lo tomo con la boca.

—Regálame la yemita del huevo, mi amor—le digo, agitada.

Él me la entrega con gemidos. Yo la recibo, espesa y tibia. Uno de los mejores desayunos de mi vida.

Nos despedimos sin promesas. Al llegar a casa, me baño. Luego de un rato, me doy cuenta de que olvidé mi ropa interior en su carro. Sonrío con malicia. Me acuesto, abro la gaveta de mi mesita de noche y me masturbo pensando en mi casi algo.

Marco llega a su casa. Limpia los restos de sushi y vino. Antes de tirar mi panti al zafacón de la esquina lo huele, lo lame... y se queda con mi sabor en su boca descaradamente. ¡Qué bellaquera!

8

SPEED DATE

No, no todo lo que escribo son mis historias, aunque desearía. Mis personajes viven experiencias que valdría la pena probar. Quizás son mis deseos disfrazados.

De joven fantaseaba con tener muchos novios, besar todas las bocas que fueran necesarias y recorrer el mundo con el corazón desbocado y el cuerpo disponible. Veía una película y deseaba probar los labios del protagonista. Sí, fui precoz.

Descubrí la masturbación siendo muy niña, escondida bajo las sábanas, temiendo que aquello que estaba en el cielo —o donde fuera— me estuviera mirando, listo para ofenderse.

Usaba las escenas románticas de las películas para recrearlas antes de dormir, y después tocarme. En la biblioteca de la escuela disimulaba con un libro de ciencia, mientras escondía uno de anatomía para ver penes y vulvas. Descubrí el orgasmo sola, sin charla parental, sin un manual. Una revista para mujeres adultas decía que si te frotabas en la entrepierna sentirías sensaciones fabulosas. Así nació mi escape... y mi adicción.

Era muy sensible. Con solo imaginar a un chico que me gustaba, o a algún actor, podía frotarme contra la sábana y alcanzar el cielo. Cada vez que tenía un problema, acudía al orgasmo. Lo usaba para calmar mi ansiedad y para saciar mis ganas. Al crecer, estudié literatura y cumplí mi más anhelado sueño: ser autora. Escribía de bellaquerías y mis novelas se volvieron bastante populares.

No miento, usé mi fama para conseguir sexo. Siempre decía, con media sonrisa, que yo era la protagonista de muchas de mis escenas. Tuve amoríos con autores, poetas, editores hasta que me aburrí. Quise conectarme con alguien de verdad. Sentirme amada, no solo deseada.

Conocí a un lector. Era mayorcito. Me sorprendió que un hombre de su edad quisiera leerme, ya que la mayoría de mi público eran mujeres. El mismo día que le entregué el libro, me escribió invitándome a una copa. Me pareció atrevido, así que no acepté. Él insistía con saludos y mensajes.

Pasaron varias semanas y, entonces, me confesó que organizaba eventos. Esta vez, era algo nuevo: un *speed date*. Un encuentro para que personas solteras tuvieran citas rápidas, de unos diez a quince minutos. Me pareció interesante. Acepté.

La actividad era en un restaurante reconocido. Me vestí casual, pero *sexy*: un traje largo, con una abertura en la pierna izquierda, el cabello suelto, la boca roja y una carterita. Lista para conquistar.

Dije mi nombre en la entrada y me señalaron el fondo, en una esquina oscura. Esperaba ver mesas individuales, como en las películas, sin embargo, había una mesa larga, con unas veinte sillas. Me recibió el organizador —llamémoslo Juan— y me presentó a varias personas.

Todos me recibieron con sonrisas y gestos afectuosos. Me abrazaron fuerte, me besaron en ambas mejillas, me tocaron el cabello... sentí un exceso de confianza, pero tras algunas copas de vino, dejé de cuestionarlo todo y me dejé llevar.

Conversábamos, reíamos, comíamos, pero algo no me cuadraba... ¿Si era una actividad para conocer gente nueva porque todos estaban en pareja y yo fui la única que llegó sola? Juan se acercó y me acarició la espalda.

—¿Todo bien? Te noto pensativa.

—Es que me parece raro. Se supone que esta actividad era para conocer personas, con reloj y todo, pero todos están emparejados... menos yo.

—Mi amor, es que tú eres un unicornio y todos quieren conocerte.

—¿Unicornio?—reí, nerviosa—. Pero no tengo cuerno en la cabeza.

—Eres divertida, por eso te invité. Puedes conocer a quien desees. Y si hay química... *quizá* una cita.

—No entiendo nada—le dije, ahora, sintiendo una punzada de inquietud.

—¿Tú sabes qué es un unicornio en nuestro ambiente?

—¿Son gays? ¿Es como una nueva orientación?

—No, jajaja. Respetamos a todos, claro. Pero somos *swingers*. ¿Tú lo eres?

—¡No! Ay, Dios mío, no sabía esto...

—*Wow*. Perdóname. Mi esposa y yo pensábamos que sí, por las escenas que escribes. Te invitamos con respeto, así que puedes irte si lo deseas. Nadie te obligará a nada que no consientas. Somos personas que disfrutamos incluir, a veces, a una tercera persona en la relación. Eso es lo que significa un unicornio: una mujer joven, soltera, bisexual y que acepta tener un trío sin compromisos emocionales.

Me tembló la voz, mientras sentía una corriente tibia bajando por toda mi espalda.

—Bueno... soy soltera, pero no soy *swinger*. Escribo sobre ese tema solo para alimentar mis historias. Que sean mías... eso ya es otra cosa.

Juan sonrió, me besó en la mejilla—al parecer, todos eran muy cariñosos— y se retiró. Me senté, pedí otro trago y decidí que, ya que estaba allí, haría mi propio *speed date*. Entrevisté parejas, tomé notas mentales, contenido puro y real para mis futuros libros.

Al despedirme, recibí más besos, abrazos, varias tarjetas por si cambiaba de opinión y muchos elogios. Ya en el carro, sonó una notificación. Alguien del grupo había enviado un *pin*: "Por si alguien quiere seguir la fiesta."

No tenía que participar, solamente observar... fui. Me recibieron dos parejas. Tendrían más de cuarenta y cinco años, pero se veían muy bien. Pregunté si podía mirar. Ellos se rieron y dijeron que sí, que respetaban mi decisión. Me dieron una copa de vino y nos sentamos en la sala. Hablamos de todo: la vida, el amor, la soltería. Una conversación ligera. Fui al baño, y al abrir la puerta me topé con una pareja recostada del lavamanos. Eran los anfitriones. Me miraron de reojo, pero no pararon. Ambos salieron besándose. Cerré la puerta, oriné, me limpié bien—por si acaso— y me eché agua en la cara. Sudaba. Estaba nerviosa.

Al salir, la escena era otra: dos hombres conversaban, mientras las mujeres se besaban. Me senté en el sofá y sentí un cosquilleo en la entrepierna. Las chicas se quitaron la ropa, con delicadeza, ayudándose entre risas. La complicidad entre ellas me provocó ganas de saber más.

Uno de los hombres se sentó a mi lado y puso su mano en mi muslo. Cerré los ojos. Sentí que era yo quien besaba a una de ellas, que probaba el sabor a *cherry* de su brillo de labios, que acariciaba su larga cabellera rubia...

Mi pecho subía y bajaba. El otro hombre comenzó a acariciarlo. Tomé la mano del primero y la guie hasta mis labios inferiores. Con su dedo índice, apartó mis pantis y me penetró. Las otras manos, grandes y huesudas, se colaron por mi escote y descubrieron mis pequeños pezones, endurecidos por el deseo. Estaba sudando.

Uno de los hombres me quitó el traje y comenzó a lamer mi cuello. Comencé a gemir nerviosa. El sujeto que estaba abajo ya tenía su cabeza entre mis temblorosos muslos. Me recostaron en el mueble. El aventurero, que deseaba zambullirse en mi pozo, sacó su larga lengua y con dos de sus dedos abrió mi vulva. Empezó con ricos lametazos, como si fuera un perro sediento. Me escupía y volvía a lamer. No era tan diestro, pero yo estaba echando fuego. El limpiador de sudor que tenía en mi cuello se dirigió a mis tetas y mordió mis pezones.

Yo gemía demasiado fuerte. Pedía más. Mis ojos permanecían cerrados. Me daba vergüenza abrirlos y darme cuenta de lo que estaba haciendo, y que por boba acabara ese momento tan placentero.

De repente, hubo una pequeña pausa y sentí cómo me chupaban los bembes de mi tota. Percibí una pequeña presión y una lengua mojada entrando y saliendo. Combinaba la chupadera con pequeños soplidos cálidos. Ese intruso, mordía mis labios vaginales con destreza, como si supiera lo que estaba haciendo. Yo no quería tener un orgasmo todavía. Deseaba seguir y seguir hasta el amanecer.

Cuando abrí los ojos, vi en una esquina a una de las mujeres siendo cogida desde atrás. No encontraba al otro hombre. Al bajar mi mirada me topé con los ojos verdes de una de las chicas. Me regaló una guiñada y siguió zambullida en mi pozo. ¡Mmmm, era una intrusa la que me chupaba! La mujer pegó un grito y me mordió un poco brusco. Me di cuenta de que tuvo un orgasmo, mientras el otro tipo le penetraba el culo. Estaba en un *Disney* de adultos. Me sentía demasiado excitada. La chica se paró y dejó de chuparme. Fue en busca de la otra mujer y comenzaron a toquetearse.

Los dos hombres se acercaron y me invitaron a bailar. Mientras uno acariciaba mis tetas, el otro estaba detrás besando mi cuello. Yo quedé completamente desnuda y cuestionando todo. ¿Qué hacía sin ropa? ¿Con dos hombres —uno de frente y otro en mi espalda—, y al fondo dos mujeres, donde una estaba penetrando a la otra con un dildo? ¿No se supone que estaba buscando formas de tener una relación seria?

El hombre frente a mí le dio una mordida a una de mis tetas tan delicioso que me devolvió a la tierra. Grité de placer. Los dos sujetos comenzaron a hablarme al oído y a decirme lo rica que estaba y lo apretadita que debía estar mi chocha. Ambos me dieron las gracias por estar allí y me dijeron que no me iba a arrepentir.

Me llevaron a la cama y uno de ellos se acostó boca arriba. Con su mirada me llevó a que me trepara encima de él y me metiera su pene. Estaba muy duro y erecto. Miré el cielo, con gratitud y llena de vida, "gracias por esta buena verga", dije dentro de mí. Fui bajando por su tronco suavecito y mientras yo me abría de, par en par, el caballero me apretó las caderas.

Cuando estaba todo dentro de mí, sentí las manos del otro hombre en mi cintura. Él me alzó de arriba hacia abajo, al mismo tiempo, me lamía la espalda. Me inclinó al pecho del que estaba acostado y me paró el culo. Sentí sus besos, uno a uno, por toda mi columna vertebral hasta llegar a mis nalgas. Me las mordió con suavidad. Con sus dos manos las abrió y metió su lengua y respingué del susto. No me lo esperaba, pero la sensación fue descomunal. Me llenó el ano de saliva, mientras yo subía y bajaba del tronco del otro hombre. A pesar de que él estaba acostado, se movía con destreza, me apretaba las tetas, subía un poco y me besaba. Yo deliraba de placer.

El husmeador de culo me alzó y, con la cabeza de su pene, acarició la entrada. Estaba tan excitada que no podía decidir cuál de los penes iba a escoger. Al final, obvio que tuve que quedarme con los dos y, poco a poco, fui parando mis nalgas para que me hiciera el favor de metérmelo. Por primera vez, tuve una doble penetración. Brinqué como una bellaca desquiciada, encima del pedazo de carne. El otro hombre entraba y salía de mi culo. De nuevo, me sentía demasiado excitada, bellaquísima, mi cuerpo tenía electricidad.

¡Calor, fuego, sudor, líquidos, gritos, gemidos, mordiscos! Dejé de sentir mi cuerpo, salí de él, cerré mis ojos y, por un segundo, entendí que había muerto. Caí encima del hombre jadeando. El otro se desplomó sobre mi espalda sudada y nos abrazamos. Las dos chicas fueron a la cama y nos besaron. ¿Para qué quiero una relación seria si puedo encuerarme con todos?

Llegué a mi casa con una alegría embriagante. Tomé mi libreta de apuntes, me serví una copa de vino y comencé a escribir las nuevas aventuras de Mikaela... *¿o las mías?*

CASI

MÍA

CASI

TUYA

1

CASI

MÍA

Y si me quedo, ¿qué? Nos levantamos al amanecer y nos sentamos en el balcón con nuestras tazas de café negro. Caliente, amargo, profundo, como nos gusta. Hasta en eso somos parecidos. Tu café es fuerte, como tú, y el mío me sirve para mantenerme despierto toda la madrugada pensando en ti.

Es sábado por la noche y voy a ver a los amigos. Una, dos, tres... miles de cervezas, una tras otra, para matar los demonios que habitan en mi mente y me repiten, día a día, lo mala persona que soy. Han pasado ocho años desde que nos conocemos. Ocho tristes y angustiosos años, y tú sigues abriéndome la puerta de tu casa... y las piernas. No puedo evitar verte. Sé que me has dicho tantas veces que no vuelva, que soy una basura, que no te valoro. Eres mi escape. ¿Recuerdas cuando te dije en la cama que eras un bálsamo para mi alma? No fue mentira. Eso no. Cuando te veo, mis pesadillas se esconden y los monstruos sonríen. ¡Es que me haces feliz!

Eres una niña primitiva, como si nunca hubieras visto mundo. Te ríes y enseñas esos dientes grandes capaces de comerse la vida entera. ¡Cómo amo cuando muerdes con ellos mi boca! Hablas con las manos. Imagínate a alguien cuyos dedos parecen tener vida propia mientras habla. Cada gesto, cada movimiento tuyo está lindamente sincronizado con tus palabras, como si bailaran al ritmo de tu discurso. Las usas para enfatizar ideas, trazar imágenes en el aire o, simplemente, para sumar emoción a lo que cuentas. Tu lenguaje corporal es tan expresivo que podrías narrar una historia completa sin pronunciar ni una palabra. Y al final, esas manos… esas manos cuando me acarician el alma, todo dentro de mí, tiembla.

Llego a casa a las cuatro de la mañana y te envío un mensaje de texto: "¿Qué haces?". Estoy tan seguro de que vas a contestar, que ya me siento excitado y con ganas de penetrarte. Luego de dos o tres *emojis* de ricos besos, palabras de amor, bellaquerías… la pantalla de mi celular se enciende y eres tú. Igual que yo, estás deseosa de tenerme dentro. Me contestas con otro beso. "Voy para allá, quiero sentirte", te escribo. Otro beso.

Te hago daño, lo sé. Pero no puedo dejar de verte, sentirte, saber que me amas, a pesar de que no estoy contigo. Soy un imbécil. Un maldito poco hombre. Te he prometido una vida juntos hasta casarnos, sí... y un bebé. ¡Te juro que lo deseo! Pero me da miedo fallarte. ¡Tantas veces que te he hecho daño! Lo sé, lo sé, soy un cabrón malvado. Estoy roto. Y tú, que tratas una y otra vez de unir mis pedazos, acabas desangrándote. Y, aun así, no me sueltas. Lo siento. No soy lo que buscas. Quisiera ser el amor de tu vida, pero no puedo.

Después de escribirte, me quedo dormido. No creas que no te voy a cumplir. Esta vez, sí me levanto. Me doy un baño rápido y a las siete y quince de la mañana, como tantos domingos, toco la puerta de tu casa. Mi corazón late con fuerza, respiro agitado, camino lento, tratando de ocultar mi bellaquera.

Deseo que pienses que vine a verte, a pasar tiempo contigo. Soy tan mentiroso... y tú, tan enamorada. Abres la puerta con timidez y yo la cierro con mi pie. Te agarro por la cintura y nos besamos torpemente. Juntos, bien pegados, como en un baile hecho solo para nosotros, danzamos hasta tu cuarto, donde ocurre la magia.

Las horas de aquellos domingos nunca son en vano. Casi nunca hablamos antes de hacer el amor. Son excesivas las ganas, el deseo de comernos a besos, de arrancarnos la ropa, mordernos, olernos, suspirar cada parte del cuerpo sin dejar nada. Con mis manos grandes agarro tu cara adormilada y veo tus ojos hinchados. Quizá estuviste llorando por mí toda la noche, porque llevaba una semana sin hablarte. Tus largas pestañas pegadas, los párpados caídos, me dan la bienvenida que tanto deseo. Te beso. No. Eso no. Te como. Trato de tragarme toda tu saliva, tu amor, tu dolor, tu decepción... para que sonrías durante todo el día. Tiemblas. Con impericia nos quitamos la ropa. Tu piel es tan suave y clara, como una página en blanco, esperando ser escrita con pasión y ternura. Satinada, pálida, como la luna. Invita a ser acariciada. Estoy impaciente por estar dentro de ti. Te dejas caer en la cama, ofreciéndome sin nada a cambio, tu imperfecto y hermoso cuerpo. Me quedo unos segundos observando tu figura...

Recuerdo la primera vez que nos vimos desnudos y me pediste que no tocara tu barriga. ¡Por Dios, si eres perfecta, aunque lo dudes! Solo quiero hacerte sentir que eres lo mejor que han probado mis labios. Eres tan acomplejada. No eres flaca como quisieras, pero tu cuerpo es una melodía trazada a mano, con líneas suaves y curvas etéreas. Tu figura es un susurro, un eco de gracia que me vuelve adicto. Me pides que no bese tu estómago porque lo odias. Pero, poco a poco, fui conociendo tus demonios, y los míos también... y nos hicimos mejores amigos. ¡Es pasmoso cómo se reconocen!

Allí, parado frente a ti en la cama, mientras tú estás acostada, solo quiero decirte que te amo. Pero te deseo. Y a veces, estas imperantes ganas son lo único que puedo ofrecer. Me arrodillo, abro tus muslos y me topo con el mejor desayuno. ¡Delicioso! Empiezo con besos suaves y luego con lametones indecentes y miradas lascivas. Muerdo tus resbalosos labios vaginales, hinchados por mí. Solo por mí.

Meto mi lengua y te retuerces como las hojas en el viento de un huracán. Tu cuerpo se enrosca pausadamente en un éxtasis indescriptible, como una llama que danza en la mañana. El reloj parece detenerse en este oasis de calma, donde el tiempo se desliza con la suavidad de una caricia. Cada suspiro es un gemido de deseo. Cada mirada, un torrente de anhelo que arde con la intensidad de mil soles.

Me agarras del cabello y me hundes en tu vulva. Me ruegas que suba y te bese. Mi pene, travieso y juguetón, rápido encuentra su hogar. Entro. Suave, como te gusta. Quiero que sientas cómo la cabeza abre tus adentros y mis venas abrazan la humedad de tu interior.

—Suavecito, mi amor —gimes.

Me halas para morder mis labios. Me aprietas las nalgas. Me das un par de palmadas. Mi movimiento de caderas es como el ritmo de las olas, suave y envolvente, atrayendo tu cuerpo como el mar a la costa. No quiero terminar. Oh, mi amor, soy una mierda. Perdóname por estar aquí, haciéndote creer que hoy sí es el día en que me quedo contigo.

No puedo parar de entrar y salir de tu cuerpo. Nos consumimos en llamas, ardientes sin final, como mariposas atraídas por la luz celestial. En nuestro éxtasis nos sumergimos, sin temor a naufragar, pues en el vicio de nuestro amor... nos perdemos.

Soy una mierda. Tú, una reina. Un hogar cálido y lleno de abrazos. Necesito acabar, salir e irme lejos. No volveré a verte. Te voy a ignorar a mi antojo. Solo te escribiré en las madrugadas, cuando el alcohol haga que piense en ti. Si me ignoras, te diré que te amo. Sé que tu corazón se conmoverá... y tus piernas se abrirán para mí.

Eres mía. Solo mía. Y nunca podrás estar con otro hombre porque te tendré a la espera hasta la eternidad.

—Dame tu orgasmo, puñeta, córrete para mí.

Tus gemidos, tus gritos en mi oído, hacen que mi verga se agite, desee explotar y regalarte lo que tanto deseas dentro de ti. Te acaricio. Me levanto. Voy al baño.

—Tengo que irme. Te veo más tarde.

Es mentira, lo sabes. Pero no puedo dejar de regalarte cuentos de amor. Quizás, vuelva, quizás, no. Otro domingo. Mientras tanto, yo sigo odiándome más de lo que te puedo amar.

2

CASI

TUYA

Debajo de la sábana, el infierno de tus palabras toca los dedos de mis pies. Un ardor picante sube por mis batatas. Mis muslos comienzan a sudar. Mi vulva, que minutos antes chorreaba de placer, se seca al instante.

Una cadena gruesa aprieta mi barriga, haciendo que mis intestinos exploten. Mis tetas se tensan, no por el contacto de tus sensuales labios —¡esos desgraciados!— sino por el calor que las azota como un latigazo. El fuego logra achicharrar mi garganta, y las palabras se quedan atoradas en mis ojos, evitando que mis lágrimas apaguen el infierno de una muerte anunciada.

El calentón llega a mi cabeza. Me agarro con las manos, muy fuerte, como si eso pudiera evitar que me parta el dolor de la vergüenza. Mis oídos comienzan a botar humo negro, estoy llena de odio. Pienso en nuestro amor, lo mastico y lo vomito por el inodoro. El amor que tanto anhelé, tú lo escupiste con desprecio.

Nunca había sentido una semejante agonía. Tus palabras me perforan, dejando mi cuerpo indefenso. Me enrosco como un *gungulén,* queriendo protegerme de esas frases que me exprimen hasta dejarme sin aliento. Ecos insultantes retumban en la cama. *"¡Que no te quiero!"*, gritas como un niño ridículamente travieso, mirándome con burla, con desprecio. Es tanto el coraje, tanto el fuego, al escuchar de tu boca un *"me quiero ir"*, que siento el mundo entero, derritiéndose en mi pecho.

"Eres solo un juego, ¡entiéndelo!"... alcancé a escuchar. *"Eres solo un juego"*... me asomé sin consuelo. Alzo mi cara achicharrada y, con mis manos ardientes, apago mi fuego en tu cuello. ¡Muérete, pendejo!

¿TE ENCUERAS CONMIGO?

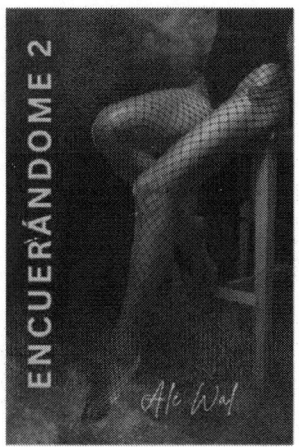

Sígueme en mi redes sociales

INSTAGRAM
alewal_autora

FACEBOOK
https://www.facebook.
com/encuerandome

TIK TOK
Ale Wal Autora

Made in the USA
Middletown, DE
11 November 2025

21178541R00104